Catalog

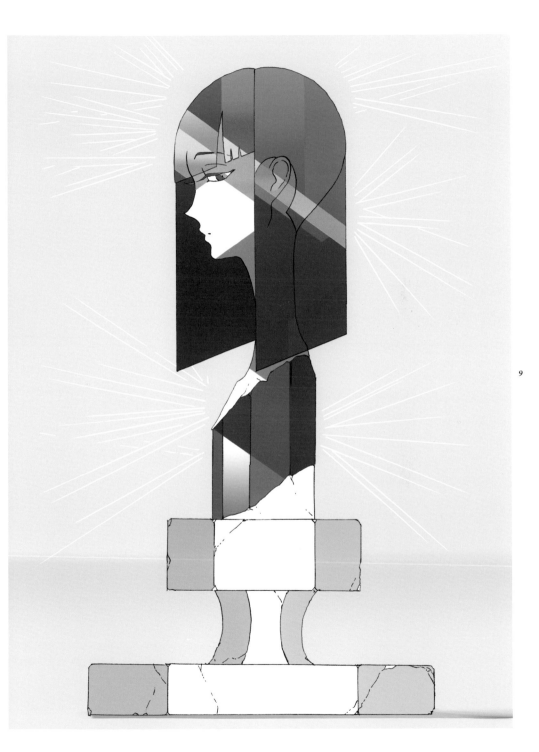

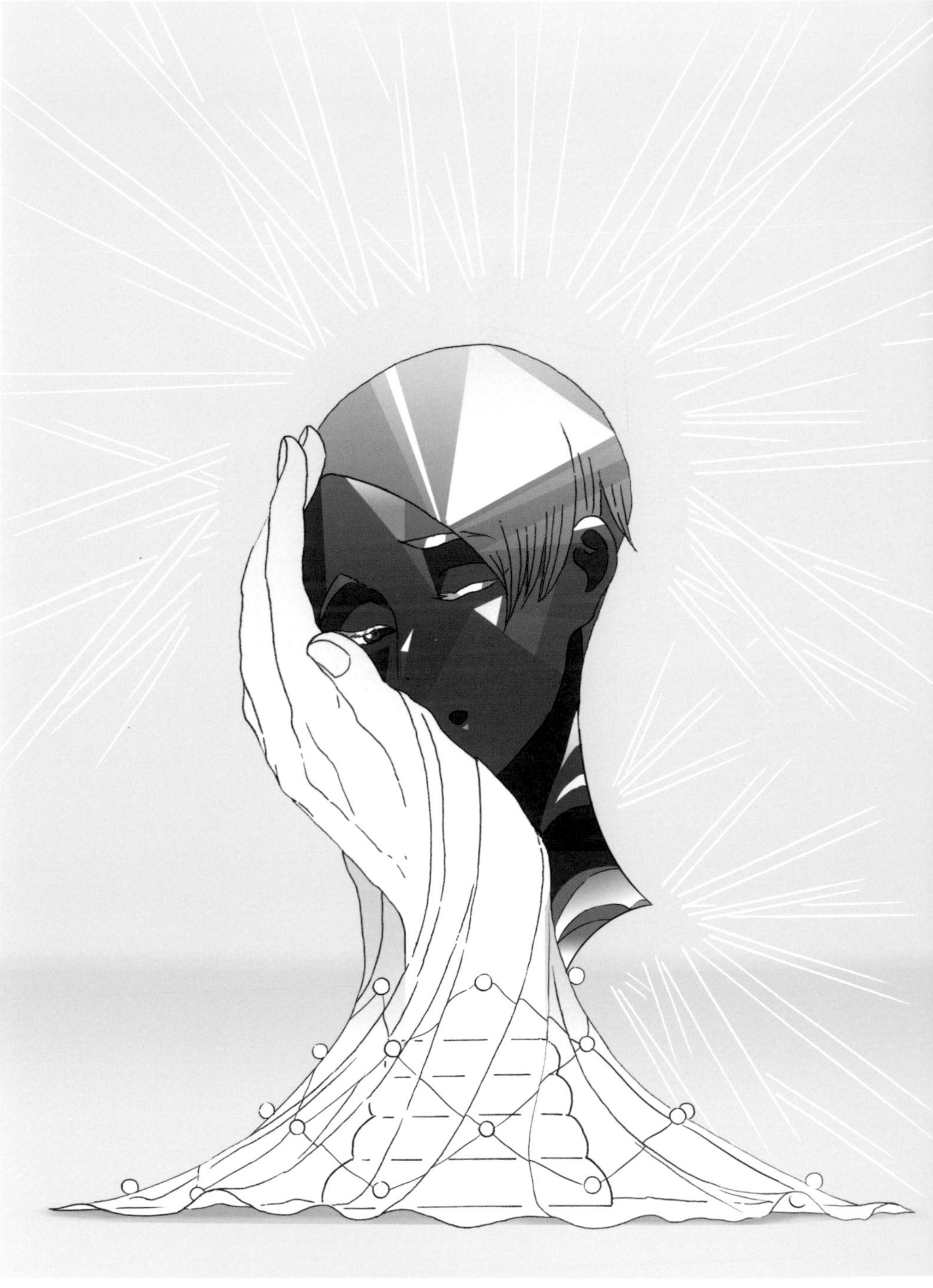

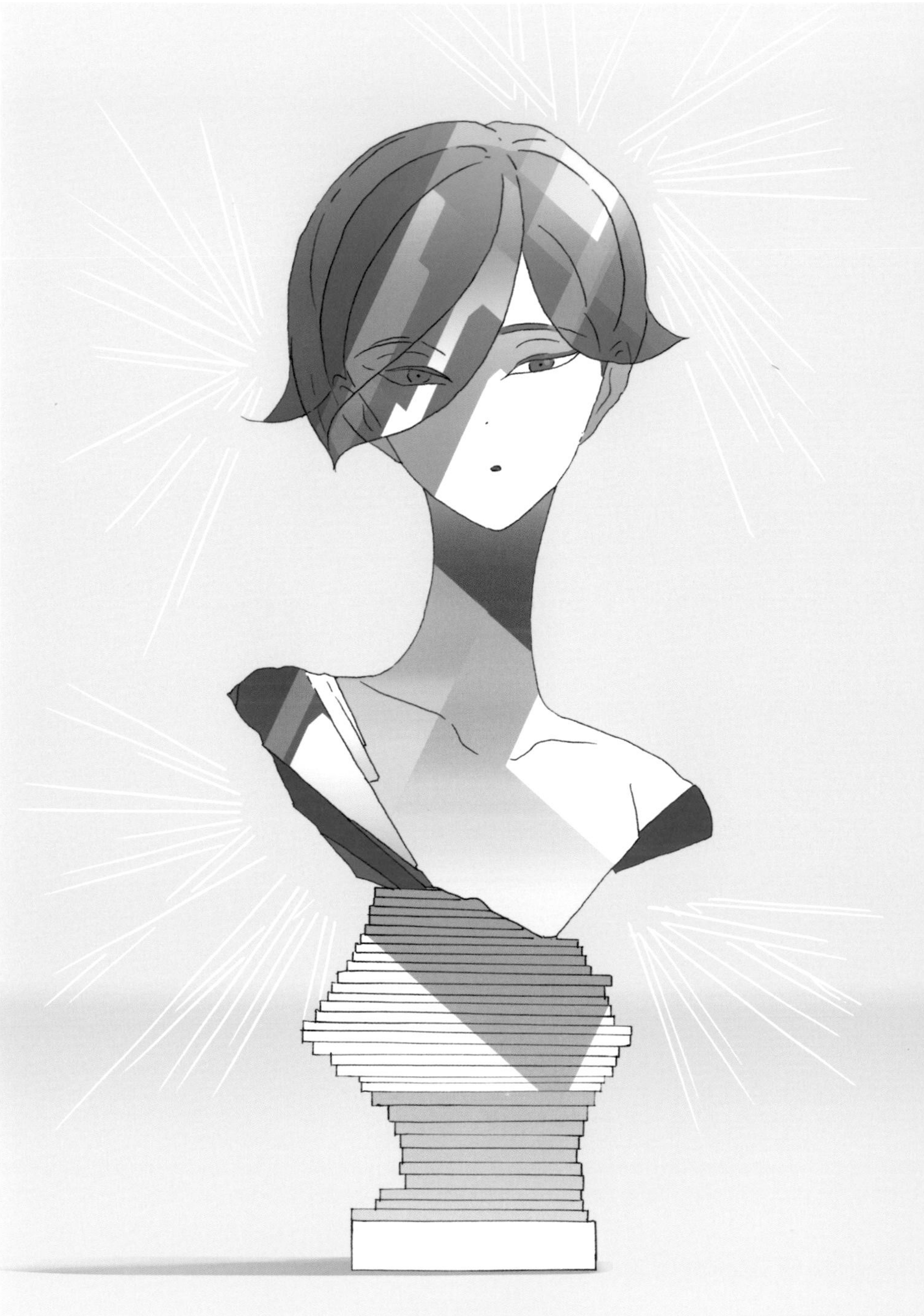

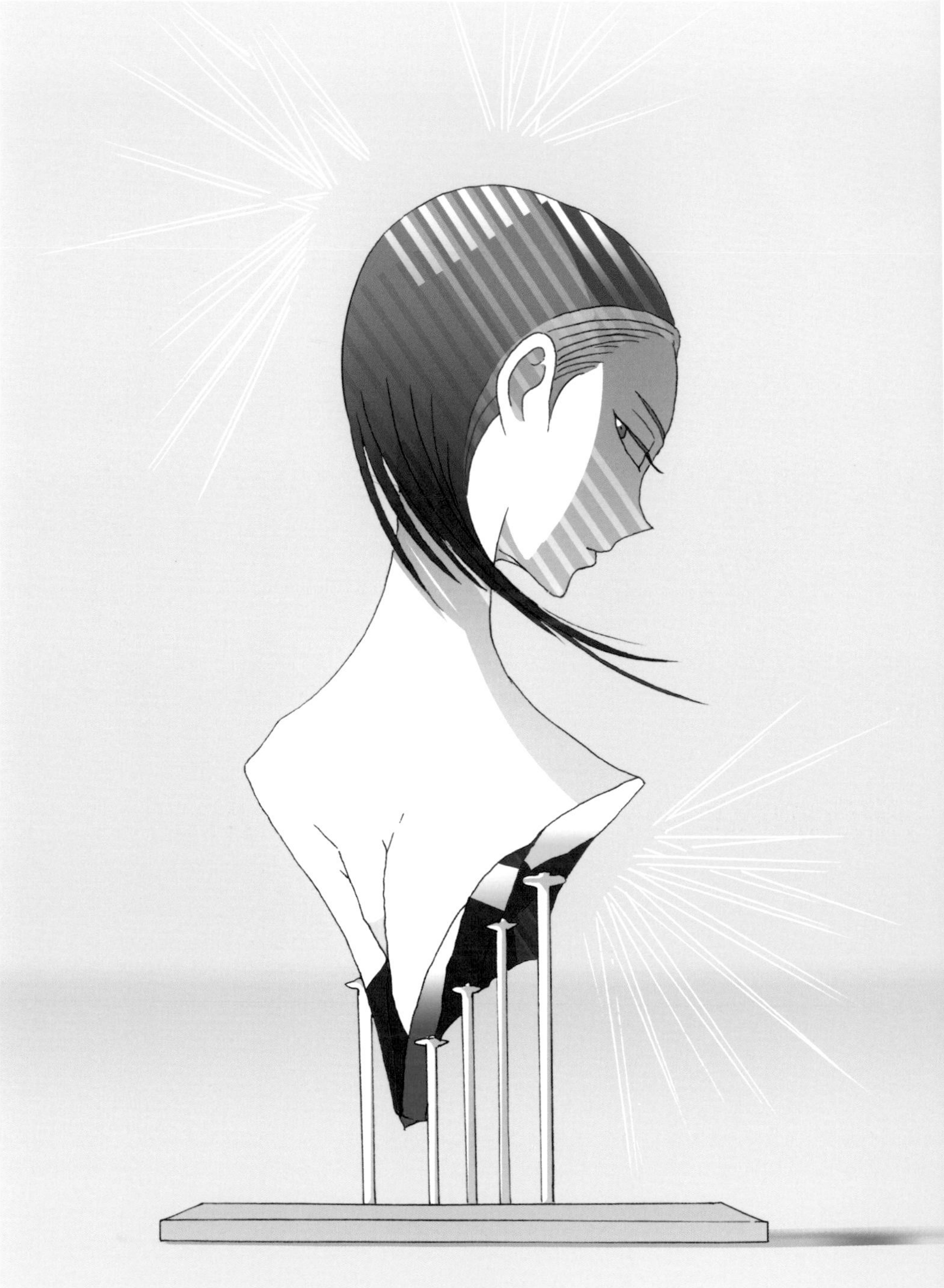

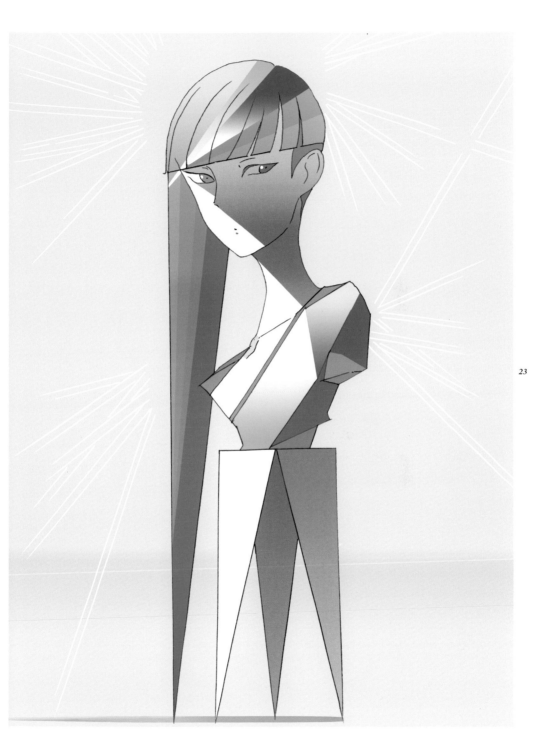

引言

　　由本美術館的母機構——財團法人「萊卡[1]的項圈」資助的偏遠宇宙研究開發機構，去年成功觀測到存在於另一個宇宙當中，具有礦石生命體的行星，本展覽企畫「STATUE—無機生物們的雕像—」就是這次的研究成果展示。本次公開的生命體塑像皆為精巧的複製品，在超越時空、周密且扎實的觀測結果中，我們首先製作了二十六具進行公開展示，並掃描他們的思緒，製作了與其心境相應的台座。

　　屬其特徵之一的端正容貌，推測是運用了高超的技術修整而成。由於頭部以外的造型皆相當一致，本次展覽只重現頭部部分。此外，其毛狀部外的表層皆被植物來源的粉末與膠糊所覆蓋。關於他們的運作機制，最為有力的理論是藉由身體內包的生物來行動，目前尚在查證中，詳情將於近期由有關單位發表，屆時請參考之。

　　在本次的二十六具生命體中，最具特異光采的是磷葉石（Phosphophyllite, p.26），由於行星本身的地質條件使得生成量稀少。它非常易碎，卻包含黃金、白金、珍珠母貝、火瑪瑙等多種來源不同的礦物，內包物也不自然地多，推測是後天因為某些理由而達成共生狀態。對生物性質變化較為遲緩的礦石生命體來說，此案例有可能屬於他們的進化現象，因而相當受到矚目。三具鑽石屬（Diamond, p.3-5）生命體因為極為出眾的高度耐久性，面對敵對勢力的掠奪行為時擔任核心角色：屬於剛玉（Corundum）之一的蓮花剛玉（Padparadscha, p.6），為身體有七個孔穴的變種。屬於綠色綠柱石（Green Beryl）之一的紫翠玉（Alexandrite, p.7），體色會因為一部分的光源透射過瞳孔而變化。以上兩者的硬度與耐久度都相當優異。綠柱石屬（Beryl,

p.8-10）、鋯石（Zircon, p.11）、碧璽屬（Tourmaline, p.12）、橄欖石（Peridot, p.18）、藍錐礦（Benitoite, p.19）也都耐久性優異且擁有美麗色彩。藍柱石（Euclase, p.13）硬度高但易裂。翡翠（Jadeite, p.14）和青金岩（Lapis Lazuli, p.25）雖然同屬岩石體，但翡翠更為強韌。青金岩擁有以三角形為特徵的黃鐵礦。石英屬於最普遍的礦物種類之一，卻只有少少的四個生命體：幽靈水晶（Ghost Quartz, p.15）是裡頭含有黑水晶的變種。在幽靈水晶裡的黑水晶（Cairngorm, p.16）體型小一倍，能由此辨識出重生的痕跡。紫水晶（Amethyst, p.17）的兩個生命體是從一塊雙晶裡分出來的。金紅石（Rutile, p.20）、黑曜石（Obsidian, p.21）、柱星葉石（Neptunite, p.22）、異極礦（Hemimorphite, p.23）、楣石（Sphene, p.24）雖然硬度和透明度劣於其他礦石，卻散發著獨特的美麗光澤。一般屬於液體型態的南極石（Antarcticite, p.27），它的台座上設有不會蒸發的水。有毒礦物辰砂（Cinnabar, p.28）是唯一以「Shinsha 辰砂」這個由來不同的既有名詞稱呼的生命體。有關單位表示，根據這些礦石生命體的動向，可判斷存在著屬於領導職位的生命體，但是目前無法證實其行蹤，非常有可能受到特殊科技所保護著。其敵對勢力也是同樣如此，有待未來更進一步的研究與觀察。

　　以上為本展覽的簡單說明。期盼透過這次展覽能讓各位觀眾遙想到其他宇宙的生物多樣性，還有以迥然不同的社會型態生活著，形貌卻與我們相似的礦物質生物。最後，要向對此次展覽提供援助協力的諸位相關人士致上萬分謝意。

阿托洛尼維亞[2]美術館

譯註／

1. 萊卡為一九五七年蘇聯的太空犬，史上第一隻登上太空的狗。

2. 阿托洛尼維亞（*atronivea*）為紐西蘭的特有蛾種。

裝幀・內容擬定・內頁設計／市川春子